Christa Meves   Ich will leben

Während das vorliegende Büchlein sich an »Martina«, also in besonderer Weise an das junge Mädchen wendet, sind die »Briefe an Thomas« speziell an Jungen und junge Männer gerichtet. Für sie schrieb der bekannte Biologe die Broschüre »Auf dem Wege« und greift darin die Probleme Heranreifender auf.

Joachim Illies Auf dem Wege

Briefe an Thomas / Probleme des Jugendalters

Aus dem Inhalt: Vorformen des Lebens – Ein Mädchen ansprechen? – Eigentlich war »sie« ganz hübsch – Über Sexualität und »Natürlichkeit« – Zügellosigkeit und Scham – Bin ich normal? – Hormonprobleme und Pickel-Plage – Zärtlichkeit und Petting – Pornographie – Die Not der Selbstbefriedigung – Homoerotische Fragen – Verliebt sein und geliebt werden – Warten, reifen und sich führen lassen.

Es sind vielschichtige Konflikte, die der heranwachsende junge Mensch AUF DEM WEGE des Reifens und Werdens zu bewältigen hat. Die »heißen Themen« dieser Lebensphase kommen offen zur Sprache und werden einfühlsam und verständnisvoll erörtert. Die körperliche Entwicklung wird ebenso wie die junge Partnerbeziehung in allen Intimbereichen ohne falsche Scheu angesprochen. Alle Aussagen werden von großer christlicher Verantwortung getragen. Der Verfasser ist Vater von drei Jungen und einem Mädchen. Er antwortet auf Lebensfragen und Schwierigkeiten mit warmem Herzen und biologischer Sachkenntnis. Konkret und klar steht er dem Heranwachsenden zur Seite.

Schenken Sie diese Schrift jedem Jungen und jungen Mann!

Christa Meves

Ich will leben

Briefe an Martina

Probleme des Jugendalters

VERLAG WEISSES KREUZ GMBH
VELLMAR-KASSEL

1. Auflage 1974, 1.–10. Tausend
2. Auflage 1975, 11.–20. Tausend
3. Auflage 1976, 21.–30. Tausend
4. Auflage 1977, 31.–40. Tausend
5. Auflage 1977, 41.–43. Tausend
6. Auflage 1978, 44.–53. Tausend
7.–10. Auflage 1978, 54.– 85. Tausend
11.–14. Auflage 1980, 86.–120. Tausend
15.–16. Auflage 1982, 121.–140. Tausend
17.–18. Auflage 1984, 141.–160. Tausend
19.–20. Auflage 1986, 161.–175. Tausend
21. Auflage 1990, 176.–180. Tausend

Verlag Weißes Kreuz GmbH
Deutschland: D-3502 Vellmar-Kassel
Schweiz: CH-5724 Dürrenäsch

Graphik: Heimann, Kassel
Herstellung: Heinzelmann, Metzingen
Printed in Germany
ISBN 3-87893-005-4

Inhalt

Vorwort

Eigentlich haben wir Frauen es sehr einfach: Ich glaube, daß jede von uns, wenn sie zu erwachen beginnt – die eine mit neun, die andere mit dreißig –, mit einem Schlag erfaßt, worauf es zentral und hauptsächlich in unserem Leben ankommt: auf das Lieben. Lieben von ganzem Herzen und ganzem Gemüt – einen Mann, eigene Kinder oder die anderer Leute; Freunde, Schwache, Kranke, Alte, Entrechtete; aber auch das Leben, seine Schönheit und seinen Glanz – in der Natur, in der Kunst, in den kleinen Freuden. Lieben wollen wir Frauen – und spüren, daß dies das absolut Richtige ist, lieben, lieben, lieben. Wir *können* auch lieben, von Anbeginn an – es sei denn, man hat uns den Wurzelboden verwehrt, der nötig ist, damit unsere Liebesfähigkeit aufblühen kann. Wir können es und wollen es also – das Schwierige besteht nur darin, diese Gabe, die gleichzeitig Aufgabe und Ziel unseres Lebens ist, nicht unterwegs zu verlieren. Enttäuschungen können verhärten, seelische Verletzungen können vor Schmerz betäuben und stumpf machen, die Liebe kann uns auf Wege locken, auf denen wir verzaubert, verschlungen, entwürdigt und seelisch zerstört werden.

Auch das Lieben will deshalb nachdenklich begonnen sein. Es ist hochmütig zu meinen, es sei möglich, sich führungslos in

das Land des Liebens zu stürzen, in der Vorstellung, daß unser Gefühl unverwundbar sei. Im Gegenteil: wir sind unverzichtbar darauf angewiesen, viele wohlmeinende gute Geister um uns zu haben, die uns Geleit geben, die vor Fallen warnen und die Wegemarken erkennbar machen. Ohne solche Hilfen kommen wir nicht ans Ziel! Deshalb ist es sinnvoll, auf guten Rat zu hören, nachzulesen, was die großen Weisheitsbücher uns erzählen und auch den Rat wohlmeinender Älterer nicht in den Wind zu schlagen oder dumm zu meinen, ihn verschmähen zu können. Man muß das wissen: Es ist nicht immer möglich, alles wieder rückgängig zu machen, was schlimm falsch gelaufen ist. Man kann an diesem Leben auch kaputtgehen!
Damit das den sorgsamen, nachdenklichen, liebevollen Mädchen nicht geschieht, deshalb ist das vorliegende Bändchen geschrieben. Es möchte ein kleiner Begleiter sein, möchte nachdenklich und klarer machen und dazu beitragen, daß in immer mehr jungen Menschen die Liebe sich entfalten und leben kann.

Uelzen, im Juni 1978 *Christa Meves*

Liebe Martina!

Unter den vielen Briefen, die heute wieder auf meinem Schreibtisch lagen, war auch Deiner. Ich kenne Dich nicht, aber durch die Art, wie Du schreibst, wie Du den ganzen Sack von Fragen, die Dich bedrängen, über mich ausschüttest, wie Du ungeduldig drängend von mir erhoffst, daß ich Dich befreie von all dem Unbehagen des Ungelösten, das in Dir sitzt, bist Du mir ganz vertraut. Das mag zum Teil daran liegen, daß mir in meinen Sprechstunden schon viele Mädchen gegenübergesessen haben, die ähnlich wie Du fragten, ähnliche Probleme hatten und die ebenso ernsthaft wie Du bereit waren, sie anzupacken. »Meine Eltern verstehen mich nicht«, klagen viele Mädchen, »wie kann ich sie dazu bringen?« »Fast jeden Tag gibt es bei uns zu Hause Krach wegen meines Ausgehens am Abend«, erzählen die anderen. »Muß ich mir eigentlich die Gängelei meiner älteren Geschwister gefallen lassen?« fragen manche. Es ist heute bei Jugendlichen nicht mehr selbstverständlich, daß gefragt wird. Viele gehen mit einer oberflächlichen Hochnäsigkeit, mit einer penetranten Besserwisserei, mit der unangemessenen Vorstellung, im Besitz aller letztgültigen Wahrheit zu sein (nur weil sie jung sind!) in ihr Erwachsenenleben hinein. Aber wer von sich glaubt, der Erfahrung nicht mehr bedürftig zu sein, weil er bereits superklug und weise ist, hat keine Aussicht, etwas hinzuzulernen. Nur wer fragt, wer nachdenkt, wer sich mit den eigenen Erlebnissen auseinandersetzt, hat die Chance weiterzukommen. Deshalb sind junge Menschen wie Du für mich immer eine große Freude. Ihr gebt mir Hoffnung, daß es trotz der vielen Vernagelten in der jungen Generation noch lebendige Unvoreingenommenheit gibt. Dafür bin ich Dir dankbar. Denn nur die Hoffnung auf eine menschenwürdige Zukunft kann uns den Mut zur Gegenwart des Lebens geben. Deshalb bekommst Du auch postwendend einen Antwortbrief, obgleich ich weiß, daß nur die ganz Starken die »Verwöhnung der Sofortbefriedigung« ertragen! Aber Du darfst nicht enttäuscht sein: Ich bin weder eine Briefkastentante, die sofort für alles eine Lösung parat hat, noch kann ich den ganzen Fragensack auf einmal angreifen. Es könnte nur der Reihe nach vor sich gehen, nur in Form eines Briefwechsels. Immerhin siehst Du hier meine Bereitschaft. Ob etwas daraus wird, ist nun unsere gemeinsame Sache.

Du schreibst, ich möchte Dir das erklären: Du fühltest Dich auf einmal ganz anders, es sei Dir so, als habest Du die ganze Zeit deines bisherigen Lebens verschlafen, als seist Du jetzt erst wach geworden. Alles, jeder Blick aus dem Fenster sei für Dich anders, fremd und bekannt zugleich, auf jeden Fall neu und viel eindringlicher. Das beunruhigt Dich, und Du willst wissen, was das bedeutet. Ich möchte Dich als erstes einmal beglückwünschen zu dieser Erfahrung, denn sie ist ein Zeichen dafür, daß Du eine neue Bewußtseinsstufe erreicht hast. Das ist nicht selbstverständlich. Wir Menschen leben ja am Anfang unseres Daseins total unbewußt, sogar erinnerungslos, und die langen Jahre unserer Kindheit sind Phasen von noch ganz geringer Bewußtheit. Allenfalls schauen wir wie durch ein Schlüsselloch in das Land der Wahrheiten und sehen nur einen winzigen, ganz begrenzten Abschnitt. Aber wenn wir uns Hellhörigkeit und Empfindungsfähigkeit bewahrt haben, dann ist es in Deinem Alter oft genauso, als ob man ein Land, in dem man vorher einfach so dahingelebt hat, auch einmal ein Stück von oben her überschaut wie von einem Aussichtsturm. Man sieht mehr, man sieht es von einer veränderten Perspektive aus – man sieht eben auf einmal klarer. Aber man fühlt sich auch entfernter, abgetrennt, und deshalb erlebt man, daß man allein ist, daß man nicht mehr unterscheidungslos in den Dingen steckt und mit ihnen verwachsen ist. Dieses Erlebnis ist aufregend und unheimlich zugleich; denn seltsamerweise sind einem nicht nur die Dinge der Umwelt nicht mehr so vertraut wie früher; man selbst erlebt sich erstmals als ein ganz anderer – anders als die Kameraden, die Freundinnen, anders als die Eltern und Hausgenossen. Man erlebt damit – endlich bewußt – etwas Wichtiges und Wahres: Keiner von uns ist ja so wie der andere, keiner ist mit dem anderen so verbunden, daß er mit ihm identisch wäre; jeder von uns ist ganz allein nur er selbst, ist unverwechselbar. Es gibt uns kein zweites Mal unter den 4 1/2 Milliarden Artgenossen auf dieser Erde. Dein so ganz verändertes Lebensgefühl bedeutet, daß Du in der Tat an einem Startpunkt stehst; denn erst von jetzt an hast Du die Möglichkeit, mit Deinem Blick aus der Distanz das Wesen Deiner Umwelt wirklich kennenzulernen, nach den Zusammenhängen zu fragen. Nur auf dieser Stufe der Abgetrenntheit, der Unterschiedenheit, kannst Du überhaupt Deinen Blick von der Außenwelt ab- und zu Dir hinwenden, mit derselben veränderten Fähigkeit zur distanzierten Beobachtung, die Dir neu zugewachsen ist und kannst zu fragen beginnen: Und wer bin ich? Wie sehe ich denn eigentlich inwendig aus? Was habe ich für einen Charakter? Das kann überhaupt erst beginnen, wenn man sich als abgetrennt, ja als einsam unter den vielen »Fremden« zu erleben gelernt hat. Du möchtest ein eigenes Zimmer haben, schreibst Du deshalb auch in Deinem Brief. Du möchtest nicht mehr wie eine Art Zwillingspaar mit Deiner um ein Jahr jüngeren Schwester Dorothee zusammenhausen. Du möchtest Dir Deine »Bude« nach Deinem eigenen Geschmack einrichten. Sieh, das ist die erste Folge dieser neuen Reifestufe, die Du erreicht hast: Du brauchst nun erstmals eine Umwelt, die wirklich nur *Deinen*, Deinen originellen Stempel trägt. Aber

Du mußt wissen: Es handelt sich keineswegs um den Wunsch nach dem eigenen Zimmer allein. Dieser Wunsch drückt mehr aus; er sagt, daß auch der Innenraum Deiner Seele nach *Deinem* Sinn, einmalig, schöpferisch, originell von Dir gestaltet sein will. Deshalb entsteht in Dir der Wunsch nach dem Alleinsein. Du wirst ihn auch durchsetzen, wenn Du Deiner Mutter und Deinem Vater damit nicht patzig fordernd, sondern bittend und mit sachlichen Begründungen kommst. Aber Du mußt auch wissen, daß es mit dem originellen Bekleben der Wände allein nicht getan ist, daß Du Dich im Grunde vor allem danach sehnst, daß Du Deine eigene seelisch-geistige Form, Deine eigene Ausgestaltung, Deine eigene Lebenswirklichkeit findest. Das ist nicht leicht; es geschieht nicht, wenn man sich das neu errungene Alleinsein mit Dauerdröhnen von Musik wieder nimmt. Es geschieht nur, wenn man sein Alleinsein als Voraussetzung annimmt, um zu sich selbst zu kommen. Zum Nachdenken über sich selbst braucht man Stille. Zum ersten Mal in Deinem Leben hast Du diese tolle Chance: mit Dir selbst einen Vertrag zu schließen; denn zum ersten Mal gibt es die zwei in Dir: den seienden, den handelnden Teil und den beobachtenden, den kritischen Teil. Dein Bruder, so schreibst Du, habe zu Dir gesagt, daß Du neuerdings so eitel geworden seist, weil Du so oft und so lange in den Spiegel schautest, und Du empfindest Dich von ihm zu Recht verkannt. Gewiß möchtest Du Dich schön machen; aber darüber hinaus sagt Deine Beschäftigung mit dem Spiegel mehr aus: Du willst Dich erkennen, Du willst wissen wie Du bist. Dazu mußt Du gewiß auch Dein Äußeres kennen, mußt Deine Gestalt, Deine Mimik, Deine Gesichtszüge in den Griff bekommen; aber im Grunde möchtest Du mit dem Blick in den Spiegel mehr: nämlich durch ihn hindurch in das eigene Innere schauen. Das kannst du vielleicht auch *vor* dem Spiegel, aber doch nur, indem Du den

Blick wieder abwendest vom Widergespiegelten und in Dich selbst hineinhorchst. Probier's mal! Ich freue mich auf Deine Antwort.

Deine C. M.

Liebe Martina!

Der Blick in den Spiegel sei kläglich ausgefallen, schreibst Du und meinst, es sei für Dich nicht zu schaffen, vom äußeren zum inneren Gesicht zu kommen. Warum? Ja, weil Du schon mit Deinem Äußeren so wenig zufrieden seist. Du schicktest mir ein Foto mit – das Bild von einem netten, gesunden, fröhlichen und vermutlich auch gescheiten Menschen. Aber Du willst mir damit gerade das Gegenteil beweisen: daß Dein Äußeres eine Fehlkonstruktion der Schöpfung sei und Du bedauerlicher- und tragischerweise auch noch in diesem Gehäuse drinsteckst! Du zählst mir all die Schönheitsfehler auf: die Sommersprossen, die zu breite Nase, die Gefahr der Kurzsichtigkeit (demnächst wirst Du eine Brille tragen müssen, schreibst Du). Durch Deine helle Haut würdest Du nicht so schön braun wie viele Deiner Klassenkameradinnen; außerdem seist Du klein, dick, eben schlechthin häßlich auf der ganzen Linie. Und wenn man vom Äußeren auf das Innere schließen kann – na, dann Prost Mahlzeit! – und das sei denn

wohl auch so; auch da wäre nur Gewöhnliches und Mieses zu verzeichnen.
Ich will Dir zuerst einmal bestätigen, daß Du recht hast und daß aus diesen Deinen Worten nur Dein Gefühl für Gerechtigkeit und Wahrhaftigkeit spricht. Du hast mir in Deinem ersten Brief all Deine Kritik an den Zuständen in der Gesellschaft, all Deine Kritik an Eltern und Geschwistern aufgezeigt; es ist nur gerecht, wenn Du mit diesem Vergrößerungsglas der Überkritik auch an Dich selbst herangehst. Ja, da sind sie nun mal, die Sommersprossen! Sie sind ganz deutlich sichtbar, auch auf dem Foto. Früher waren sie zwar auch schon da, aber sie haben Dir nichts ausgemacht. Auch sie kommen Dir jetzt erst zum Bewußtsein, auch sie stören und ärgern Dich zum ersten Mal. Und wenn es keine Sommersprossen wären, wäre es gewiß etwas anderes: eine zu kurze Oberlippe, eine ungünstige Zahnstellung, strähnige Haare oder was auch immer. Es gibt eigentlich überhaupt keine untadelige, absolut vollkommene Schönheit, und mit der Lupe der Kritik findet man in jeder Suppe ein Haar – oder auch mehrere. Aber Du möchtest doch schön sein – und bist es nun einmal nicht, schreibst Du. Was bleibt da außer Ratlosigkeit? Oh nein, bereits an der Art, wie Du jetzt an dieses Problem herangehst, kannst Du eine ganze Menge lernen über Dein inneres »Gesicht« *hinter* dem Spiegel, über Deine charakterlichen Möglichkeiten. Du könntest jetzt zu gewaltsamen Veränderungen schreiten, soweit das irgend geht: Eine breite Nase kann man durch ein künstliches Nasenbein nach einer stundenlangen Operation schlank und superedel machen, Sommersprossen kann man durch eingreifende Hautkuren zu beseitigen suchen, gegen eine kleine Statur kann man es mit Wachstumshormonen versuchen, gegen die zwar nicht dicke, aber dir zu dick erscheinende Gestalt kann man Schlankheitspillen schlucken oder einfach

hungern. Viele Mädchen heute gehen solche Wege der gewaltsamen Veränderung. Sie tun es ohne Rücksicht auf die Schäden, die Gefährdung der Gesundheit, die oft sogar dabei auf Nimmerwiedersehen verspielt wird mit dem füßestampfenden Trotz des Menschen, der die anderen und vor allem sich selbst nicht so anzunehmen bereit ist, wie er nun einmal ist. Es ist ein harter, verzweifelter Trotz, aus echter Enttäuschung über sich selbst geboren; aber er ist doch ein Zeichen einer ungeduldigen Anmaßung. Die Überkritik Deiner Altersstufe hat ja einen guten Sinn: Sie will Dir die Möglichkeit geben, Dich nicht für besser zu halten als die anderen, sie will Dir helfen, Dich von den unselbständigen Bindungen zu lösen und das eigene Leben mit eigener Urteilsfähigkeit aufzubauen. Es ist Mißbrauch dieser guten Aufgabe, wenn man sie zu radikaler Gestaltveränderung verwendet, wenn damit ein großes gesundheitsschädigendes Risiko verbunden ist. Es bedeutet aber auch ein Mißverstehen der Überkritik, wenn man sich, unentwegt schamrot über sich selbst, wie ein Schnecklein in sein Gehäuse verkriecht und meint, man sei nicht liebenswert, nur weil man diese oder jene äußeren Mängel habe! Durch eine solche Haltung, durch die Haltung des Haderns und Selbstmitleids, des Zurückziehens und Sichabschließens wird man das dann in der Tat! Aber man kann diese so plötzlich auftretende Fähigkeit zur Überkritik auch ausnutzen und durch scharfes Beobachten mehr aus sich machen: Man kann in all den Unvollkommenheiten, ja durch sie hindurch, gerade mit dieser seiner Eigenart die eigene persönliche Note entdecken. Ja, man kann aus seinem Anderssein etwas machen. Man kann die etwas farblose Blondheit durch eine betonende Brille verschönen, man kann das Rustikale, das Kecklustige der Sommersprossen durch eine zu dieser Aussage passenden Kleidung unterstreichen und harmonisieren – man kann ebenso ja sagen zum Maruschka- wie zum Prinzessinnengesicht, wenn man es nur annimmt und in aller Echtheit zu tragen versteht; denn, liebe Martina, nur dieses Ja-sagen zu sich selbst macht wirklich schön, macht lebendig, macht leuchtend und damit auch anziehend durch all die kleinen oder auch großen Schönheitsfehler hindurch!

Deine C. M.

Ja, meine Maruschka-Martina,

das ist in der Tat ein sehr gewichtiger Einwand, mit dem Du auf meinen letzten Brief antwortest: daß Du Deine Eigenart aber nicht annehmen könntest, weil sie dem Schönheitsideal Deiner Zeit zu sehr widerspräche. In den Boutiquen, so schreibst Du, hängen massenhaft toll-schicke Sachen für die Größen 36 bis 38, ab Größe 40 aber wird die Auswahl der hübschen Konfektionskleidung geringer. Außerdem würde man als dünner Typ eben doch viel mehr anerkannt. Mehr als neunzig Pfund dürfte man heute eben nicht wiegen, wenn man up to date sein wolle.
Ja, up to date mußt Du sein, Martina, das sehe ich ein. Warum muß man in Deinem Alter so sein wie die anderen? Man muß es nicht nur in Deinem Alter, man muß es immer sein, solange man inwendig noch nicht stark genug ist zu ertragen, daß man schief angesehen wird, wenn man sich anders benimmt als

die anderen. Und Du hast recht, es wäre pure Dummheit, sich anders zu benehmen als die anderen, solange man noch nichts Besseres entdeckt hat. Man muß das deshalb wohl auch eine Weile mitmachen, auch Verrücktes.
Man muß sich gewiß eine Weile uniformieren und sich bewußt selbst mit den anderen über einen Kamm scheren, damit man erlebt, daß man dazugehört und nicht irgendwo draußen vor der Tür steht, jenseits der Gemeinschaft der Gleichaltrigen, die man einfach braucht. Aber das Endziel Deiner Entwicklung, das wirst Du bald merken, ist das keineswegs. Dein Dich-fremd-Fühlen unter den anderen zeigt es bereits: Etwas in Dir drängt danach, nicht nur zu den anderen, sondern auch zu Dir selbst zu kommen. Wenn Du lange genug und mit Lust in dem großen Strom des Modetrends mitgeschwommen bist, wirst Du eines Tages merken, daß Dir gar nicht mehr so viel daran liegt; vielleicht wirst Du dann auch dahinterkommen, daß Du in Wirklichkeit auch gar nicht schöner wirst, wenn Du dich zu einem hohläugigen Skelett heruntergehungert hast, nur damit Dir die Größe 36 paßt. Vielleicht wirst Du auch erleben, daß Du in Deinem Pulli, in Deinem selbstentworfenen Kleid viel origineller, viel schöner aussiehst, weil diese Dinge nämlich aufgrund Deiner Beobachtung und Überlegung von Dir selbst für Dich selbst gestaltet sind. Und dann wirst Du auch merken, daß diejenigen Jungen Dich zwar immer noch links liegen lassen, die nur im modischen Strom schwimmen, daß Du aber für eine andere Sorte sehr interessant wirst: nämlich für die, die auch schon dabei sind, sich selbst zu entdecken. Das aber sind die Besseren, das sind die, mit denen auch Du nur etwas anfangen kannst.

Deine C. M.

Liebe Martina!

Du fragst mich ganz erstaunt, woher ich es denn wisse, daß Du Dich so für Jungen interessierst und schreibst mir ausführlich über all Deine Lieben – wie es anfing, damals auf dem Jahrmarkt mit Peter, als Ihr beide zehn Jahre alt wart, als Du ihm das Lebkuchenherz geschenkt hast »Alles aus Liebe« und er für Dich eine rote Papierrose geschossen hat. Du schilderst, wie das nachher einfach vorbei war und Du Dich statt dessen bis über beide Ohren in Deinen Deutschlehrer verliebtest und Dir wünschtest, seine Frau möchte sterben, damit Du ihn heiraten könntest. Und daß Du jetzt für einen Jungen aus der Oberstufe schwärmst, der Dir jeden Morgen begegnet und daß Du Dir nichts mehr wünschst, als daß er Dich endlich wahrnimmt. Und Du fragst mich, ob das wohl unnormal sei – mannstoll oder so etwas. Ach nein, Maruschka-Martina, ganz gewiß nicht. So sind wir nun einmal, und das hat auch alles seine Richtigkeit. Denn was will da etwas in Dir und von Dir? Es will den Mann suchen und finden, mit dem Du glücklich werden kannst, es zieht Dich zu dem fremden Geschlecht, weil Du spürst, daß die Männer geheimnisvoll anders sind, daß dort »etwas zu holen ist«, etwas kennenzulernen ist, was Dir nicht bekannt ist. Und Du hoffst, etwas ganz Großartiges, Einmaliges zu finden: einen Menschen, der Dich erkennt, wie Du wirklich bist, in der ganzen Wahrheit eines sehr liebenswerten Menschen und der Dich *darum* liebt. Und vielleicht suchst Du auch bereits den, der so stark und gut ist, daß er geeignet wäre, der Vater Deiner Kinder zu sein. Und das eigentliche Problem besteht im Grunde doch darin – das drücken Deine Fragen auch verborgen aus: Wie schaffe ich es, den für mich geeigneten, den richtigen Mann zu finden? Viele Erwachsene werden an dieser Stelle lachend und kopfschüttelnd sagen:

Das kann doch nicht das Problem eines Teenagers sein, der soll doch erst mal hinter den Ohren trocken werden! Aber die so reden, haben meistens nur ihre Anfänge des Liebens vergessen oder verdrängt. Die Natur in Dir nimmt Dich da viel ernster, sie weckt Dein Interesse für die Jungen und die Männer, und sie schickt Dich auf die Suche, schickt Dich hinein in das Sammeln von Erfahrungen; denn nur so kannst Du ja allmählich unterscheiden lernen, was für Dich das Richtige sein könnte.

Nur eines mußt Du wissen: Die Natur treibt uns an, aber sie kann nicht für uns entscheiden. Das Lernen an der Erfahrung ist nicht Sache der Natur, sondern ist Sache unserer wachen Lernwilligkeit. Im Grunde hast du nach der Lebkuchenherzepisode mit Peter gespürt, daß Dich gar nichts wirklich mit ihm verbindet, daß er noch in der Cowboyphase ist, die Du langweilig und albern findest; Du hast irgendwann in bezug auf den Deutschlehrer gespürt, daß das Wegwünschen seiner Frau eigentlich böse ist, daß es unangemessen ist, einer Frau ihren Mann wegnehmen zu wollen und daß das Interesse eines fünfunddreißigjährigen Mannes für ein so junges Mädchen auch im Idealfall nur ganz begrenzt sein kann. Der Altersunterschied, d. h. der Erfahrungsunterschied ist einfach viel zu groß. Du hast gespürt, daß Deine ersten Lieben viel mehr aufgrund eines Wunschtraumes entstanden waren als auf dem Boden der Wirklichkeit. Jetzt erst fangen Deine Träume an, sich mehr der Realität zu nähern. Ich bin gespannt, ob Du Deiner »stillen Anbetung« inzwischen nähergerückt bist.

Deine C. M.

Liebe Martina!

Oh je – dies war wieder so ein richtiger Maruschka-Brief, voller Sturm, voller Ungeduld und Temperament. Du bist ganz schön rasant. Kennengelernt hast Du ihn auf einem Schulfest, schreibst Du, und hinterher habt Ihr noch eine Weile in einer Teestube gesessen, und auf dem Weg nach Hause, im Auto, hast Du den ersten richtigen Kuß Deines Lebens bekommen. Nun bist Du selig, einfach »weg« und bestürmst mich mit Fragen. Du meinst, Thomas mit seinen neunzehn Jahren sei ja schon ein »richtiger« Mann, der wolle bestimmt auch mit Dir schlafen, das sei doch bei allen Jungen heute so – und da Du ihn so sehr, sehr liebtest, wollest Du das auch tun. Ich möge Dir helfen: Ob die »Pille« zu empfehlen sei, woher man sie bekäme oder was ich sonst für richtig hielte, fragst Du mich und schreibst, Du dächtest immerzu darüber nach, *wo* es geschehen solle: im Auto, im Wald, nachts am Strand, zu Hause, wenn die Eltern ausgegangen sind, in seiner Bude, in der er allein wohnt?

Ich verstehe Dich sehr gut, Martina; es ist auch mir ein Zeichen Deiner Lebendigkeit und Deiner Gutwilligkeit, daß Du Deinem Thomas sofort alles, auch Dich selbst mit Haut und Haaren schenken möchtest. Und Du argumentierst: Eine Menge Leute, Pädagogen und Psychologen, stehen doch auf dem sicher nicht einfach absurden Standpunkt, daß jeder geschlechtsreife Mensch auch ein Recht auf gesundes Ausleben seiner Sexualität hätte. Paß auf, Martina, lauf nicht einfach hinter einer Meinung drein, die die Spatzen von den Dächern pfeifen; schau erst, ob sie auch wirklich auf *Dich* paßt, bei *Dir* zutrifft. Wie ist es mit Deiner Sexualität? Drängt Dich Dein Leib? Entwickelt der Körperbereich »Genitalzone« wirklich ein ähnliches Eigenleben, eine ähnliche Vorherrschaft, wie es Dein

Magen tut, wenn Du sehr hungrig bist, wenn Du sehr lange nichts gegessen hast? Du schreibst – bei aller Offenheit sonst – gar nichts darüber.
Aus diesem Brief geht vielmehr hervor, daß Du den ganzen Tag über an Thomas denkst, daß Du immer bei ihm sein, daß Du mit ihm sprechen, ihn streicheln und küssen möchtest, daß Du für ihn kochen möchtest und schon angefangen hast, einen Schal für ihn zu stricken. Wozu drängt es Dich also? Zur Fürsorglichkeit, zum Kennenlernen, zur Nähe. Und Du kommst dann auch ganz von selbst auf die Idee, daß Du von Dir aus die Sexualität noch gar nicht brauchst, ja vielleicht auch irgendwie bei aller Aufgeklärtheit Angst davor hast. Und dann schreibst Du: »Schließlich weiß man eben doch auch gar nicht, wie es einem dabei geht«, und fragst mich, ob diese Gedanken wohl ein Zeichen dafür seien, daß Du verklemmt und eine trübe Tasse seist. Nein, Martina, ich bescheinige Dir: Das sind ganz normale und ganz vernünftige Überlegungen. Ein Mädchen, das nicht solche widersprüchlichen Gefühle und Überlegungen kennt, sondern gänzlich unbedenklich jedem angetragenen Wunsch eines Jungen nach Sexualität sofort nachkommt, ist meiner Erfahrung nach meist sehr wenig erwachsen oder hat es in einer unpersönlichen Umweltatmosphäre so kalt, daß es sein rasantes Bedürfnis nach Geborgenheit mit dem nach Sexualität verwechselt.
Aber auf Deine Frage »Warum eigentlich auch nicht?« möchte ich zunächst einmal sagen: weil sich ein erwachsener Mensch bei einer »großen« Entscheidung auch nicht Hals über Kopf ins Unternehmen stürzt, sondern zuwartet, beobachtet, Erfahrungen sammelt. Weißt Du denn, ob Thomas wirklich hält, was er verspricht? Ob er wirklich der Verläßliche, Gute, Liebenswerte ist, für den Du ihn hältst? Mußt Du ihn nicht auf jeden Fall erst einmal näher kennenlernen, damit Du wirklich besser

abschätzen kannst, wie Du es dann in einer so engen Beziehung, wie es die sexuelle ist, haben wirst? Ich warte auf Deine Antwort.

Deine C. M.

Liebe Martina!

Man merkt Deinem Brief an, daß Du nicht so ganz mit mir zufrieden bist; Du bist ein wenig auf dem »qui vive« und fragst Dich insgeheim: Ist die vielleicht doch eine von den Alten, Prüden, die die Jungen am Lebensgenuß vorbeimanipulieren wollen? Du fragst ein wenig mürrisch, ob eine solche »Entscheidung« zum Schlafen mit einem Jungen eine so große Lebensentscheidung sei. Nun gut, es kann ja sein, daß sie sich als eine Enttäuschung erweist; dann macht man eben Schluß und sucht sich etwas Besseres, und Du berufst Dich darauf, daß ich doch auch dafür plädiert hätte, erst mal Erfahrungen zu sammeln. Aber Erfahrungen sammeln und sich etwas antun, sind zwei verschiedene Dinge. Wenn man die Erdgravitation erfahren will, ist es besser, man läßt harmlosere Dinge aus einem Fenster fallen als sich selbst! Die Entscheidung, geschlechtlich mit einem anderen Menschen umzugehen, gehört zu den fundamentalen, prägenden, den oft in ihrem Eindruck nicht mehr rückgängig zu machenden Erlebnissen. Viele Frauen hassen später ihre Männer, weil die von ihrem eigenen Drang überflutet wurden, verantwortungslos ein unerwünschtes Kind zeugten und die Freundin voller Angst und Not zurückließen. Bei anderen ging alles in elender Hast und Angst vor dem Entdecktwerden vor sich; das Erlebnis wurde nicht das, was jede Frau sich erhofft: ein Tor zu einer neuen und größeren Art des Liebens. Bei vielen tat es weh, ohne daß das den Jungen kümmerte. Bei vielen klappte es einfach nicht, weil beide noch zu ungeschickt waren, und das Ganze endete in Beschämung, oft in Ekel und Abscheu. Große Entscheidungen also – und deshalb ist Dein Planen und Ausphantasieren gewiß notwendig und wichtig. Aber dennoch ist es zu dieser Zeit noch zu früh, und zwar, weil es nicht nur nötig ist, daß Du Thomas von ganzem Herzen liebst (z.Zt. bist Du vor allem von ihm fasziniert) – auch seine Liebe zu Dir muß erst allmählich entfaltet werden. Das geht einfach nicht mit einem Schlag und nicht von heut auf morgen. Bedenk's mal, wenn Du ihn wieder triffst!

Deine C. M.

Liebe Martina!

Nun bist Du doch richtig ärgerlich auf mich und fragst, was das denn heißen solle: die Liebe von Thomas müsse sich erst entfalten; schließlich mag er Dich. Das hat er gleich am ersten Abend gesagt, Dir das auch durch seinen Kuß bewiesen und inzwischen oft genug bekräftigt. Außerdem werde *er* von seiner Sexualität ganz gewiß gedrängt, dafür hättest Du Beweise. Und wäre das nicht auch ein ganz deutliches Zeichen von Liebe? Ja, meine Martina, ganz gewiß ist es bei uns, dem weiblichen Geschlecht so, aber bei den Männern ist das nun einmal ganz anders. Ihnen ist von der Natur verordnet, bei allen Vorgängen, die etwas mit der Fortpflanzung zu tun haben, die Aktiven zu sein. Um das schaffen zu können, kommt es bei ihnen im Alter von etwa dreizehn bis vierzehn Jahren zur Ausschüttung jenes Sexualhormons, das die sexuelle Aktivität enorm steigert. Testosteron nennt man dieses männliche Geschlechtshormon. Aber gleichzeitig bekommen in diesem Alter ganz viele Bereiche der Außenwelt einen Aufforderungscharakter. Sie wirken wie ein lustvoller Reiz: zum Beispiel die weibliche Gestalt, Mädchenbeine, wiegende Hüften, die Brust unter einer strammen Bluse, wehendes Haar, ein Stück der braunen Haut zwischen Pullover und Hose. Gegebenheiten dieser Art, die die kleinen Jungen noch wenig kümmerten, werden für die jugendlichen Männer zur aufregenden Anziehung. Das ist weder gut noch schlecht, aber auch nicht besonders menschlich; denn bei vielen Tieren gibt es in der Brunstzeit ähnliche Phänomene. Das Glühwürmchenweibchen leuchtet, viele Säugetiere ziehen durch einen veränderten Geruch ihren Geschlechtspartner an, andere durch besondere Bewegungen oder besondere, aufreizende Farbveränderungen. Vorgänge dieser Art haben also eine biologische Aufgabe. Sie stehen im Dienst der Fortpflanzung, gehören in den großen Plan der Natur, die Arten zu erhalten, das Leben durch Fortpflanzung weiterzuführen und zu erneuern. Wir Menschen gehören auch in diesen Bereich alles Lebendigen, in uns sind auch die großen Naturgesetze noch wirksam. Die Anziehungskraft einzelner weiblicher Besonderheiten gehört also in die Reihe der »auslösenden Reize«, wie die Tierverhaltensforscher das nennen. Sie haben mit uns persönlich und mit unserem Menschsein zunächst noch gar nichts zu tun. Erst indem wir diese Gesetze der Triebhaftigkeit, denen auch wir Menschen unterworfen sind, durchschauen, haben wir nämlich die Chance, nicht mehr die dumpf-unbewußten Sklaven unserer Triebe, sondern ihre Herren zu werden. Und erst dann haben wir etwas geleistet, was uns von den Tieren unterscheidet, etwas echt Menschliches!

In Deinem Fall ist es also zunächst einmal wichtig zu erkennen, daß wir uns als Frauen nicht allzuviel darauf einzubilden brauchen, wenn wir auf die Männer anziehend wirken. Das ist zunächst nur ein Zeichen dafür, daß wir es verstehen, unsere Reize zur Wirkung zu bringen, gar nicht viel anders, wie es eben ein Vogelweibchen schafft, durch aufregendes Verhalten die Aufmerksamkeit des Männchens zu erregen. Auch ein roter Mädchenmund lockt, ein betont verstärkt geschminkter lockt mehr. Und bereits eine Berührung im Kuß stößt eine Tür auf, weckt Hoffnungen, mobilisiert den sexuellen Antrieb. Die Faszination des Mannes, sein Liebesbekenntnis, seine sexuelle Erregung sind damit noch keineswegs ein Kennzeichen dafür, daß dieses Gefühl der besonderen, individuellen Eigenart unseres Wesens gilt. Ob aus der biologisch verordneten Faszination wirklich Liebe zu der einen Person werden kann, das läßt sich deshalb erst nach einer langen Phase des Kennens sagen. Weil das so wenige Menschen wissen und nicht be-

denken, lassen sich so viele von dem großen Drängen und den »Liebes«-Beweisen täuschen und sind dann später so ent-täuscht, wenn sich bei näherem Hinsehen ergibt, daß man in der individuellen Persönlichkeit nur wenig gemeinsam hat oder womöglich so wenige Berührungspunkte, daß man den ganz Nahen später in der Wirklichkeit als den ganz Fremden erlebt. Das meinte ich, als ich Dir schrieb, Thomas' Liebe müsse sich erst entfalten. Ob er wirklich in der Lage ist, Martina zu lieben, diese eine einzige Martina, die es unter den 4 1/2 Milliarden Exemplaren der Art Mensch gibt oder ob er nur an der Schablone »Weibchenschema« hängt, das kann sich erst allmählich erweisen. Er muß Zeit bekommen, Dich kennenzulernen. Du mußt die Zeit bekommen, ihn kennenzulernen. Denn wenn man sich diese Zeit nicht nimmt, sich einfach von der Natur überfluten und es darauf ankommen läßt, ob wirklich eine große Liebe daraus wird, besteht eben die Gefahr, daß der *Mensch* Martina später lange an der Wunde zu tragen hat. Meine Erfahrung durch die vielen Gespräche mit Mädchen hat mir gezeigt, daß es eine harte, schwer erträgliche Enttäuschung ist, wenn man sich eingestehen muß, daß man das Opfer eines biologischen Dranges geworden ist, daß der Junge (oft ohne das selbst zu wissen) nur aus diesem Motiv heraus sich zuwendete, daß mit dem Erreichen des »Klassenziels« die sogenannte Liebe zusammensank wie ein geplatzter Luftballon. Wir fühlen uns dann mit Recht entwürdigt, irgendwie entehrt. Und das ist ein absolut richtiges Gefühl: denn wir wurden als »Weibchen« verbraucht, sind aber doch keine Tiere, sind doch Menschen, sind die *eine* Martina, die doch hoffte und erwartete, in ihrer Eigenart, mit der Seele und dem Geist, nicht mit dem Leib allein geliebt zu werden.
Aus solchen Überlegungen ergibt sich ein »Stil« im Umgang mit dem Freund. Wenn man es für richtig hält, sich nicht kopflos

in ein Abenteuer zu stürzen, dann muß man sich darauf einstellen, daß man seinen Partner nicht überfordern darf. Man überfordert einen jungen Mann, der so mächtig von seiner Biologie bedrängt wird, wenn man sich in Situationen begibt, in denen Hindernisse durch die Umwelt beiseite geräumt sind: wenn man zum Beispiel mit ihm auf seine »sturmfreie Bude« geht. Man überfordert ihn, wenn man sich nachts von ihm im Auto spazierenfahren läßt, wenn man mit ihm zum Zelten ins Wochenende oder gar in die Ferien reist. Das kann er kaum aushalten, ohne daß die Pferde mit ihm durchgehen. Wir müssen das wissen und gewissermaßen gegen die Naturmacht in ihm auf ihn Rücksicht nehmen.

Zum Kennen- und Liebenlernen sind andere Situationen viel besser geeignet: das gegenseitige Abholen aus der Schule, das Plaudern in einer gemütlichen Café- oder Teestubenecke, das gemeinsame Besuchen von Veranstaltungen, über die man sich hinterher unterhält, das Mitnachhausenehmen im Einverständnis und in der Gegenwart der Eltern. Man kann einen Menschen in einer Gruppe, in einem Familienkreis oft noch genauer, nämlich mit seinem Alltagsgesicht kennenlernen, als wenn man nur mit ihm allein ist. Es ist auch wichtig zu wissen: Wie verhält sich mein Freund den Kameraden gegenüber? Kann er sich einordnen, mit ihnen sich für eine Sache einsetzen? Oder in der Familie: Ist er in der Lage, sich einer Situation anzupassen, kann er sich einfühlen, ist er rücksichtsvoll Älteren gegenüber? Solche Überlegungen sind nicht hinterwäldlerisch oder altmodisch, im Gegenteil: sie erst sind der erste Schritt zu echten Formen eines menschlichen Liebens.

Deine C. M.

Liebe Martina!

Dein Brief war mir eine große Freude. Du schreibst so glücklich über Deine Stunden mit Thomas. Du schreibst, daß Du mit ihm über Deine Einstellung gesprochen hast, daß er nachdenklich zugehört und Dich verstanden hat. Siehst Du, nun habt Ihr Euch die Voraussetzung dazu geschaffen, daß Ihr aufeinander zu- und miteinander wachsen könnt. Ich bin froh darüber, daß Du ganz von selbst darauf gekommen bist, Deine Einstellung mit Thomas zu besprechen und sie zu begründen. Das ist nämlich sehr nötig; sonst ist der junge Mann heute meistens irritiert. Er versteht nicht, daß das Mädchen sich anders verhält, als »Bravo« und viele Illustrierte es vorschreiben. Er fragt sich, ob es vielleicht irgendwie gehemmt oder »sexuell verklemmt« ist. Das wird heute für verdammt dämlich und verkehrt gehalten. Und deshalb muß der Junge wissen, daß hier nicht einfach eine Unfähigkeit vorliegt, nicht ein Weniger, sondern ein Mehr an eigenständiger Entscheidung. Das letztere freut ihn, das erste beunruhigt ihn. Jedenfalls ist das bei den seelisch Differenzierten so. Hätte Dein Thomas für all Deine Argumente überhaupt kein Verständnis gezeigt, so hättest Du ihm ohnehin mit Freuden den Laufpaß geben können; das wäre ein Zeichen dafür gewesen, daß er überhaupt nicht spürt, was Respekt vor dem Willen des anderen ist. Respekt vor der Würde des anderen ist *die* erste Voraussetzung zur Liebe, schon ganz und gar in bezug auf das Zusammenleben im Alltag. Wer nicht den Willen hat, den anderen zu respektieren, wer nur sich selbst und seine eigenen Absichten kennt, ist unfähig zur Liebe und erst recht zur Ehe.
Noch ein anderer Gedanke in Deinem Brief hat mir Freude gemacht und mich zum Nachdenken gebracht. Du schreibst, ich hätte Dir mit dem Berichten über die »auslösenden Reize«

ein ganz tolles Licht aufgesteckt: Ja, natürlich wäre es ziemlich dämlich, sich dumpf und unbewußt von der eigenen Natur manipulieren zu lassen – zu roten Lippen, Wippen mit Minirock und elegant bestrumpften Beinen. Aber wenn man um diese Dinge nun wisse, wenn man die Auswirkungen der »auslösenden Reize« auf die Männer kenne, dann könnte man sich auch dadurch über das »Tier« hinaus entwickeln, daß man diese Dinge ganz bewußt ausnutzt. Das müßte doch ein reiner Spaß sein – dann könnte man ja durch eine bestimmte betonte Aufmachung die Männerschmetterlinge anziehen wie der Schmetterlingsstrauch. Richtig, Martina, richtig; nun hast Du ausgerechnet durch mich das Hexenrezept weiblicher Machtausübungsmöglichkeit entdeckt. Ja, natürlich kann man jetzt zu spielen beginnen. Und genau das ist der Unterschied von Hexe und Teufel zu Glühwürmchen und Schmetterling: Die ersten beiden wissen, was sie tun, und sie nutzen ihre Überlegenheit, ihre Bewußtheit als Machtmittel über die aus, die diesen Status noch nicht erreicht haben. Es gibt eben auch den »bösen Männerfang«, es gibt die Spinne in uns Frauen, die das Netz aufhängt, zappeln läßt und aussaugt. Die Sagen über Nymphen und Loreleien, über Irrlichter, Melusinen und Circen, die die Männer in Schweine verwandeln, wären nie entstanden, wenn es diese Möglichkeit einer dämonischen Machtergreifung nicht in jeder zur Bewußtheit gereiften Frau gäbe. Warum ist das böse? Weil es den Partner eben nicht als Menschen annimmt, sondern seine Schwäche ausnutzt und vor den Wagen der eigenen Ichsucht spannt, weil die Kenntnis nicht zu Handlungen der Schonung, sondern zu solchen der Ausnutzung führt. Deshalb hat eine gute, eine menschlich hochstehende Einstellung zur Folge, daß die Frau auf ein grobes Locken mit Reizen bewußt verzichtet.

Denn hinter diesem Verzicht steht die Entscheidung, eben

keine Circe sein zu wollen, die die Männer als Schweine nimmt, sie dadurch wirklich zu Schweinen degradiert und dazu »verzaubert«. Erst bei einem solchen bewußten, wissenden Verzicht fängt die Kultur der Frau an; denn dann appelliert sie eben nicht nur an die Sexualität des Mannes, sondern sie macht sich auf die Suche nach seinem eigentlichen Sein, seinem innersten Wesen, sie will den Mann als Menschen, als Partner, nicht als Sklaven in Sexualfron.

Liebe Martina, mißversteh mich bitte nicht an dieser Stelle: Ich will damit nicht sagen, daß Du Dich in Zukunft in einen Sack kleiden und mit Gewalt alles an Dir verbergen sollst, was anziehend und schön ist. Wir dürfen uns auch freuen an den Geschenken, die uns die Natur macht, wir dürfen sie auch zeigen, ein wenig verhüllt, ein wenig verborgen; der Weg der Mitte ist auch hier sicher der angemessene. Schlimm wird es nur, wenn wir das Wissen zu »überoptimaler Reizung« ausnutzen. Wir dürfen sicher unser Wissen auch einmal einsetzen, um die Aufmerksamkeit des Jungen, den wir anziehend finden, zu erregen. Das steht uns zu als weiblichem Geschlecht. Aber wir übertreten unsere Grenzen des Menschseins, wenn wir auf diese Weise hemmungslos Bemächtigungspolitik betreiben. Der Verzicht auf die Hexe, auf die Möglichkeit, die von der Natur geschenkte Macht zur Verzauberung auszunutzen, ist der entscheidende Sprung in seelisch-geistige, in die menschliche Mündigkeit zur Frau hinein. Du, Martina, hast noch ein wenig »Narrenfreiheit«, aber eines ist gewiß: Wer ein Mensch von Kultur und Geschmack werden will, der übe sich beizeiten.

Deine C. M.

Liebe Martina!

Herzlichen Glückwunsch nachträglich zu Deinem Geburtstag. Es freut mich, daß Deine Geburtstagsparty so schön war und daß Du Dich jetzt mit Deinen Eltern so viel besser verstehst als noch vor einem Jahr. Ja, siehst Du, das sind so Wechselwirkungen. Eltern sind ja im allgemeinen nicht blindwütige Unterdrücker, lieblose Freiheitsbeschneider. Wenn Eltern plötzlich mit der Faust auf den Tisch schlagen und verbieten, daß man ausgeht, verbieten, daß man raucht oder Alkohol trinkt, wollen sie in den seltensten Fällen Macht ausüben. Sie haben einfach nur Angst um ihre Töchter und Söhne; sie sind schrill und wirken nur böse, weil sie besorgt sind, weil sie ihre Kinder lieben, weil sie sich selbst und das Leben mit all seinen Sackgassen und Abgründen kennen. Sie wollen ihre Kinder beschützen, denn sie sehen, daß sie sich einfach von außen verlocken lassen. Die Eltern mit ihrer Lebenserfahrung wissen, daß man den *Anfängen* wehren muß, daß es ein Zuspät gibt. Sie wissen, wie das ist, wenn man sich erst einmal an diese verdammten Zigaretten gewöhnt hat, wie abhängig das macht, wie unfrei, wie man noch nachts zum Automaten rennt, obgleich man täglich Herzschmerzen und Atemnot hat. Und sie wissen auch, wie sehr man sich nach Freiheit sehnt, zur Freiheit geradezu berufen ist und wie man zunehmend mit dem Lebensalter unter der beschämenden Abhängigkeit von den eigenen Lastern leidet. Sie wissen, daß es kaum zu schaffen ist, von einer Alkohol- oder Heroinsucht herunterzukommen und wie diese Gifte das Leben verstümmeln und verkürzen können. Sie wissen, wie leicht eine Frau aus Enttäuschung über die erste Liebe in die Verachtung ihrer selbst und in die Sexualsucht gehen kann. Sie wollen ihr eigenes, geliebtes Kind vor solchen Untergängen bewahren. Aber sie

sagen das meistens nicht, manche sind sich über ihre Motive nicht klar oder einfach nur ungeschickt; deshalb schreien sie, aus Angst, und bewirken eben bei ihren Kindern Ärger, Trotz und Abscheu. Auf diese Weise wird dann häufig geradezu heraufbeschworen, was doch verhindert werden sollte.
Und andererseits: merken die Eltern, daß ihre Ängste unbegründet sind, merken sie, daß ihre Kinder selbst nachdenken, daß sie so etwas wie Verantwortung für sich selbst entwickeln, werden sie ganz selbstverständlich viel toleranter. Sie erleben: Sie können Vertrauen zu ihren erwachsenen Kindern haben, und dann ist es eben kein Problem mehr, eine große Geburtstagsparty zu veranstalten. Man kann auch seine Eltern zur Partnerschaft erziehen, selbst wenn sie das vorher noch nicht gelernt hatten. Man kann es aber nicht, indem man ihnen Verachtung zum Ausdruck bringt und sie belügt, betrügt oder um den Wein aus dem Keller bestiehlt. Man kann es nur, wenn man sich selbst als vertrauenswürdig zeigt – immer wieder. Denn das ist die erste Voraussetzung zur Partnerschaft. Man muß sie nicht fordern, sondern selbst erst einmal schenken.

Deine C. M.

Liebe Martina!

Du hattest sehr lange nicht geschrieben und begründest das damit, daß Du jetzt eben sehr viel mit Thomas zusammen seist und daß Du leider im letzten Jahr in Deinen Schulleistungen so sehr abgefallen seist, daß Dir in den wenigen Stunden des Alleinseins nichts anderes übrig bliebe, als für die Schule zu pauken, um vielleicht doch noch versetzt zu werden. Du stellst mir heute noch einmal dieselben Fragen wie vor einem Jahr. Du schreibst, Thomas und Du – Ihr liebtet Euch jetzt wirklich, ihr kenntet Euch nun auch, und oft wäre das selbstgesetzte Tabu, die Zärtlichkeiten einzugrenzen, es nicht bis zum »Letzten« kommen zu lassen, in zunehmendem Maße nur sehr mühsam einzuhalten; es würde einfach unnatürlich. Ich möchte Dir bitte raten, welches Verhütungsmittel das richtige sei. Dir die Spirale einsetzen zu lassen oder die »Pille« zu bekommen sei für Dich kein Problem. Deine Hausärztin sei nett, und schließlich würde Deine Mutter in Anbetracht der Entwicklung mitziehen.
Liebe Martina, laß mich Dir erst einmal sagen, wie ich mich freue, daß Du eine so schöne Zeit mit Thomas hast, daß Du ihn liebst, daß Ihr eine gute Gemeinschaft habt. In bezug auf die Frage nach der Spirale muß ich Dir sagen, daß sich gezeigt hat, daß sie für junge Mädchen und Frauen ganz bestimmt nicht das unbedenkliche Patentrezept ist. Eines wissen die Frauenärzte jetzt bereits: Die Spirale verursacht nicht selten Eileiterentzündungen und setzt durch Eileiterverklebungen die Möglichkeit, später Kinder zu bekommen, erheblich herab. Du mußt Dich also, wenn Du Dich für sie entscheidest, klipp und klar fragen: Will ich dieses Risiko eingehen? Glaubst Du, daß Du kinderlos verheiratet ein ebenso glückliches Leben führen könntest, glaubst Du, daß Dich ein Beruf so erfüllen und

ausfüllen könnte wie die Mutterschaft? Das mußt Du sehr genau, sehr gründlich, sehr unvoreingenommen in Dich hineinhorchend überdenken. Ich kenne viele Frauen, die eine beabsichtigte Kinderlosigkeit später, vor allem im Alter, bitter bereut haben. Leider gibt es aber auch neue, gewichtige Bedenken gegen die Pille. Neu haben die Frauenärzte über Zusammenhänge zwischen Frauenkrankheiten, die oft erst nach Jahren eintreten, und frühem, häufigen Geschlechtsverkehr unter langjähriger Pilleneinnahme berichtet. Aber auch psychische Gegenargumente gibt es.

Ein Mädchen, das wie Du mit dreizehn Jahren geschlechtsreif geworden ist, ist damit wohl prinzipiell in der Lage, Kinder zu bekommen; dennoch ist dieses körperliche und seelische Hineinwachsen in das Frausein ein langanhaltender, ein jahrelanger Prozeß. Bis die Frau innerlich in den vierwöchigen Rhythmus zwischen einem Hoch und einem Tief eingependelt ist und darin sicher schwingt, ohne zu holpern, ohne sich zu quälen, das dauert eine ganz erhebliche Zeit. Unsere Seele muß sich an dieses ihr neues Gehäuse erst einmal gewöhnen, in ihm heimisch werden. Denn dieser Zyklus verändert in einer entscheidenden Weise unseren Charakter. Es ist eigentlich so, als wenn man ständig durch ein hügeliges Land wandert: Auf dem Gipfel angekommen, fühlt man sich besonders frei, offen, großzügig und aufnahmebereit, in den Tälern sieht man die Dinge aus der Nähe, sehr klar, oft auch überklar düster, man neigt dazu, mehr und besser aufzuräumen, man nimmt's genauer und exakter. In unserem Monatszyklus haben wir gewissermaßen im kleinen ein Schwingen zwischen den großen Polen »Stirb und Werde«, das das große Prinzip alles Lebendigen ist. Dieses, meist ganz unbewußte Erfahren kann uns Frauen heimlich viel Substanz verleihen – ein unbewußtes Wissen um die Schöpfung. Dieses macht die Frauen, wenn

sie seelisch gesund sind, zu Wesen, die mehr Gespür haben für die Wahrheit des Lebensgrundes, die oft instinktsicherere Entscheidungen treffen können. Sie haben den Zusammenhang mit der Natur keineswegs in dem gleichen Maß zu verlieren brauchen wie der Mann. Sie sind deswegen auch häufig geduldiger, hellhöriger, wacher für die Zeichen der Stunde. Aber gerade diese Eigenschaften brauchen die Männer, brauchen die Kinder, braucht die Welt, wenn sie sich nicht einseitig in eine Sackgasse wissenschaftlicher Aktivität festrennen will. Und nun guck genau hin, Martina, *dieser* Zyklus wird durch die »Pille« verhindert, beseitigt. Es gibt keinen Eisprung mehr – und damit auch keine Hochphase, es gibt keine Eiausstoßung, d. h. also auch keine richtige Menstruation mehr und damit auch nicht mehr die Tiefphase. Unsere Mediziner können uns auch schon in den Einzelheiten beschreiben, was sich physiologisch allmählich alles verändert durch die Veränderung unserer Hormonlage; der ganze Habitus wird allmählich anders, bei der einen Frau so, bei der anderen so. Nach fünf Jahren der Pilleneinnahme ist der Blutdruck um fünfzehn mm Hg höher usw., usw.
Es ist durchaus anzunehmen, daß wir auf die Dauer durch den Ausfall des natürlichen Zyklus »männlicher« werden. Aber ist das wünschenswert? Können uns die Männer wirklich männlicher gebrauchen? Es ist hier nicht anders wie zum Beispiel in der Land- und Forstwirtschaft, wo sich bei den Stürmen des vergangenen Winters und den verheerenden Waldschäden neu gezeigt hat, wieviel Schreckliches entsteht, wenn man ein natürliches Gleichgewicht der Kräfte durch einseitige Eingriffe des Menschen zerstört. Die Zusammenhänge sind selten ganz gleich und nicht leicht durchschaubar; aber die Entscheidung, die »Pille« zu nehmen, kann man eigentlich nur treffen, wenn man ganz bewußt bereit ist, dieses alles aufzugeben: die

seelische Substanz der Frau überhaupt erst einmal in sich zur Entfaltung zu bringen, darauf zu verzichten, eine von den großen »Müttern« zu werden, unter deren Mantel die Frierenden kriechen, bei denen es Frieden, Geborgenheit und Stille gibt, die in einer geheimnisvollen Weise Wissende sind. Und auch wenn Du jetzt sagst: »Schön und gut, aber Thomas ist mir dies Opfer wert«, bleibt doch noch die Frage, ob Du das vor Thomas, vor Dir, vor Deinen zukünftigen Aufgaben in diesem Leben wirklich verantworten kannst, denn zum Spaß sind wir gewiß nicht in diese Welt gesetzt.
Ich sehe Dich ungeduldig mit dem Fuß stampfen und antworten: »Aber damit ist mir doch nicht geholfen.« Ja, richtig, und schließlich gibt es ja auch noch andere Möglichkeiten, um eine unerwünschte Schwangerschaft zu verhindern. Für Dich kämen aber nur zwei in Frage: die Vorsorge Deines Partners durch ein Kondom oder die Messung Deiner Basaltemperatur und das Vermeiden des Intimverkehrs an den fruchtbaren Tagen. Sicher sind diese Möglichkeiten unschädlicher als Spirale und »Pille«, aber sind sie deswegen gut? Für den Mann sicher. Aber wie viele Mädchen kenne ich, die wenig Freude, ja Abscheu vor der Sexualität haben, weil das Gummi sie stört, die mir sagen: »Wenn wir's wenigstens zuerst einmal ›ohne‹ hätten tun dürfen, dann hätte ich sicher eine positive Beziehung zur Sexualität gewonnen, statt mich jetzt immer davor zu graulen.« Und wie viele andere Mädchen kenne ich, die trotz aller Temperaturmessungen unentwegt Angst vor der Schwangerschaft haben und nur auf den einen Tag starren: den Tag, an dem die Blutung einsetzen müßte. Tut sie's nicht, bricht Panik aus, oft bis zu Selbstmordgedanken. Auf jeden Fall wird aber die gesamte Gedankenwelt von dieser einen brennenden Frage »Um Himmelswillen – bekomme ich etwa ein Kind?« in Anspruch genommen.

Dickfellige Mädchen mögen das ertragen, die kommen ja auch nicht zu mir. Aber für die anderen ist dies alles keine gute Vorbereitung auf das Erwachsenenleben. Diese Situationen sind viel zu sehr angstgetönt, auch viel zu einseitig mit dem einen Problem beschäftigt. Meinst Du, daß, wenn diese zusätzlichen Belastungen einsetzen, Du den Endspurt zur Versetzung wirklich noch schaffen kannst?

Deine C. M.

Liebe Martina!

Man merkt Deinem Brief an, daß Du mir am liebsten den Laufpaß geben würdest. Was soll, schreibst Du empört, nach all diesen Erörterungen nun auch noch der Hinweis auf die Schule? »Ich will leben!« rufst Du aus. Wie total unwichtig ist es da, ob Du die Schule zu Ende bringst im Vergleich zu den Fragen um Deine Liebe. Ich will Dir das gleich beantworten, Martina: Weil das Leben so lang ist und weil eine Liebe um so besser trägt, je beständiger sie ist, je besser man sie fundiert. Kein Thomas will heute noch ein Mädchen, das verträumt und verwunschen im Verborgenen blüht. Die Männer von morgen brauchen Partnerinnen, Frauen, die aufgewacht sind, die sich mit den Fragen unseres Lebens auseinandersetzen können, die sich selbst fragen: »Wozu tauge ich?«, die also bereit sind, ihre Begabungen zu entwickeln, auszupacken und einzuset-

zen. Die Männer von morgen brauchen Frauen, die auch selbständig Geld verdienen können, wenn es darauf ankommt, oder wenn die Kinder (laut Statistik bekommt eine Frau in der Bundesrepublik Deutschland zur Zeit 1,35 Kind) flügge geworden sind. Es ist einfach kurzsichtig zu sagen: Mir ist meine Berufsvorbildung vollständig egal; seit ich Thomas habe, weiß ich, wohin ich gehöre. Wo er hingeht, da will ich auch hingehen. Ich möchte Dich warnen, Martina, die Männer sind keineswegs das so starke Geschlecht. Weiß Du denn, ob Deinem Thomas, wenn Du Dich ihm in aller Totalität wie ein dicker Klotz ans Bein hängst, eine solche Last nicht vielleicht später bald zu schwer wird? Es ist nicht Liebe, es ist Gedankenlosigkeit, ja oft auch versteckter Egoismus, wenn wir alles auf die *eine* Karte setzen und sagen: Ich liebe Dich, hier hast Du mich – was aus uns beiden wird, ist nun Deine Sache.
Wenn Du Thomas wirklich liebst, wenn Du bereit bist, mit ihm gemeinsam die Zukunft zu tragen, dann mußt Du auch die Last auf Dich nehmen, genügend Vorsorge zu treffen für Dein Selbständigwerden. Ohne richtigen Schulabschluß ist das sehr schwer möglich. Alles auf die eine Karte setzen ist ein Zeichen dafür, daß man noch nicht von der großen Liebe, sondern von einem Sturzbach der blinden Faszination überwältigt ist.
Aber ich glaube, Martina, daß das bei Dir nicht so ist. Deswegen habe ich mich über den verschämten Nachsatz in Deinem Protestbrief (Heute erstmals wieder eine 3 in der Klassenarbeit geschrieben) besonders gefreut.

Deine C. M.

Liebe Martina!

Du mußt Thomas von mir grüßen und ihm sagen, daß er »einsame Klasse« ist. Ja, wenn es mehr Männer von seinem Format gäbe, brauchten wir uns um die Zukunft nicht so viele Sorgen zu machen; denn wo gibt's das, daß ein *Junge* auf die Idee kommt, ein Mädchen aufgrund Eurer vielen Gespräche zum Thema darum zu bitten, Geduld zu haben. Ihr seid letztlich beide aufgrund Eurer ernsten Auseinandersetzungen mit dem Problem zu der Erkenntnis gekommen, daß es viele Wege zum Glück gibt, bessere und schlechtere, wobei die mühsamen eben häufig gerade die sind, die mehr die Chance in sich tragen, zum Ziel zu gelangen. Ihr habt Euch die Erkenntnis zu eigen gemacht, daß die zu früh gepflückten, zu rasch und hastig gegessenen Früchte die Gefahr in sich bergen, den Genuß zu schmälern, statt ihn zu vergrößern. Ihr habt mitten in dieser unserer Zeit der Konsumgier und der Sofortbefriedigungsparolen den Wert des Wartens und der Geduld entdeckt. Das ist wirklich staunenswert. Ich möchte Euch von Herzen dazu beglückwünschen! Du schreibst so richtig in Deinem letzten Brief: »Thomas und ich haben uns das so klargemacht: Was eigentlich hätten wir von Weihnachten, wenn wir die im September gekauften Geschenke schon im Oktober auspakken würden? Wieviel Vorfreude ginge uns dann in der Vorweihnachtszeit verloren! Wir sind uns auch darüber klar geworden, daß man sein Glück genauso wie seine Freiheit und die Berufsmöglichkeiten der Zukunft verspielen kann, wenn man nicht sorgfältig zuerst die Voraussetzungen schafft, um es erleben zu können. Ja, und in bezug auf die Sexualität gehört doch dazu, daß man sie ohne jede Angst, ohne Spannung, ohne Zeitnot erfährt. Wir sehen jetzt«, schreibst Du, »daß das eigentlich erst in einer Ehe möglich ist, in einer Situation, in

der es von vornherein wünschenswert wäre, daß die Frau Kinder bekommt.« Ja, und dann hat Thomas Dir gesagt, daß er keineswegs fürchte, durch diese Enthaltsamkeit vor der Ehe krank zu werden. Du fragst, was ich dazu meine. Nein, Martina, Thomas wird durch eine solche Entscheidung bestimmt nicht seelisch krank. Das ist ein Ammenmärchen. Niemals wird der Mensch krank durch echte Entscheidungen zur Zucht mit Hilfe seines Bewußtseins, aufgrund von Einsicht, Rücksicht und Liebe. Daß dieses Ammenmärchen entstehen konnte, liegt daran, daß Männer mit Potenzstörungen dazu neigen, Ursache und Wirkung zu verwechseln.
Echte Entscheidungen dieser Art machen immer kraftvoller, weil sie Überwindung kosten, die den Charakter des Menschen stärkt und formt.
Thomas habe Dir Nachhilfestunden in den Schulfächern gegeben, in denen Du »wackelig« warst, berichtest Du; nun sei die Versetzung geschafft. Ihr dächtet zur Zeit beide daran, einen »sozialen« Beruf zu ergreifen. Wenn Ihr dann in einer ähnlichen Ausbildung stehen würdet, könntet ihr Euch gegenseitig abhören, voneinander lernen und Erfahrungen miteinander austauschen. Wie recht Du hast! Man kann im Leben nicht bestehen, wenn man in tierischer Manier *nur* in Triebwünschen (Sexualität, einen Mann, Reichtum haben) steckenbleibt. Wir müssen als Menschen in diesem Leben mehr wollen als nur unser Ich, sonst werden wir unzufrieden, gelangweilt und elend. Wir müssen uns mit unseren Begabungen eine sinnvolle Aufgabe suchen, am besten gemeinsam mit dem, der zu uns gehört, zu uns hält und bereit ist, das Leben mit uns in die Zukunft zu tragen. Dein Schiff ist flott – gute Fahrt!

Deine C. M.

Liebe Martina!

Vielen Dank für Deinen Brief. Du bittest mich, obgleich meine letzte Antwort – wie Du mit Recht meinst – so abschließend geklungen habe, um noch eine Äußerung. Du schreibst: »Ich habe zwar auch das Gefühl, als wäre ich jetzt ins Erwachsenenleben hineingestartet, wirklich sehr ähnlich wie ein Schiff nach dem Lichten des Ankers. Aber können Sie mir nicht vielleicht noch etwas mit auf den Weg geben? So wie die Fee im Märchen dem Ausziehenden etwas Kostbares, Geheimnisvolles in die Hand gibt, das ihm hilft, wenn er nicht mehr weiter weiß? Ich weiß doch noch nicht einmal, welches Ziel mein ›Lebensschiff‹ hat. Gibt es nicht einen Kompaß, Markierungspunkte oder dergleichen?«
Ach, Martina, leider bin ich weder eine Fee noch ein Lotse; aber wenn Du schon mit solchen Bildern kommst, so möchte ich Dich darauf aufmerksam machen, daß in unseren Sagen und Märchen mit Hilfe des symbolischen Bildes einer Fahrt über das Wasser immer von der Lebensreise des Menschen berichtet wird. Denke nur einmal an die Fahrten des Odysseus. In Gestalt der Abenteuer mit Menschen und Mächten wird hier von den Konflikten, den Nöten, ja den dramatischen Verstrikkungen berichtet, denen jeder Mensch in seinem Leben ausgesetzt ist. Es wird sehr deutlich gezeigt, daß das Leben eine Bewährungsprobe ist, Probe in Geduld, Klugheit, Standfestigkeit, Vertrauen und Unerschütterlichkeit. Überall wird in diesen urwahren, immer noch aktuellen Sagen gezeigt, daß es anscheinend eine riesige Zahl gewaltiger finsterer Naturmächte in uns und um uns gibt, großartig, unberechenbar und gefährlich wie das Weltenmeer. Ihnen zu widerstehen, sich auf die verschiedenste Weise mit ihnen auseinanderzusetzen, sich ihnen gegenüber zu bewähren, gehört anscheinend zu den

entscheidenden Lebensaufgaben des Menschen. Vor den Naturkatastrophen, vor den wilden Gefühlen und Versuchungen in uns, vor den Gewalttaten um uns sind wir immer alle *so* klein wie Odysseus im Kampf gegen die Stürme; aber eben auch wendig, geistbegabt, durch Bewußtsein ausgezeichnet. Dadurch haben wir die Chance, die Kämpfe zu bestehen, ja an ihnen zu wachsen – zu größerer Einsicht, zu mehr Weisheit. Der Sinn unseres Lebens besteht anscheinend darin, unsere kleine Schiffnußschale aus Liebe, Bewußtsein und Gestaltungswillen hindurchzulenken durch die unermeßlich weite Vorherrschaft des Nur-Materiellen, Nur-Triebhaften des großen Weltenmeeres. Dabei gibt es erfahrungsgemäß viel Schiffbruch, immer droht der Untergang.
Es gibt ihn in der Tat ganz real für viele Menschen, und zwar keineswegs nur dergestalt, daß sie einen frühen Tod sterben, sondern auch dadurch, daß sie einfach verzagen, ihr Segel gewissermaßen kappen und sich selbst steuerlos fallenlassen, einfach verzagen und sich den Mächten kampflos ergeben, den Dingen ihren Lauf lassen. Es gibt aber auch das Immer-neu-Beginnen, das Ausharren, das trotzige Fahneschwenken gegen die Gewalt des Schicksals. Damit ist oft der Mut zum Unbequemen verbunden, das Schwimmen gegen den Strom des Üblichen, das Horchen auf die Art der Stürme, um ihnen in Zukunft besser gewappnet zu sein. Das alles aber läßt sich als Marschroute nur einhalten, wenn man Orientierungshilfen bekommt. Und diese Orientierungshilfen heißen, daß solche Mühe sich lohnt, daß man mit mehr Zufriedenheit, mit mehr Herzensklugheit, mit mehr Glücksgefühlen beschenkt wird. Dieses, Martina, sind die Wegmarken, nach denen Du fragst: An Deinem inneren Gefühl von Freude, von erfülltem Frieden in den Stunden, in denen Du auf die zurückgelegte Strecke zurückschaust, *oder* an Deiner Unruhe, Zer-

rupftheit, an nervöser Zerfahrenheit kannst du erkennen, ob Du auf der richtigen Route bist oder ob Du Dich verfahren hast. Wir haben in der Tat einen Kompaß in uns; er weist auf unser Ziel hin: auf unsere Aufgabe, mit Hilfe unserer individuellen Begabungen zu der Formung, Ausgestaltung, Gefühlsvertiefung des Lebens beizutragen und diese Schätze einzubringen in des Vaters Haus, mit ihnen zu Gott zu kommen. Deshalb sagt Novalis mit Recht: »Wohin gehen wir: immer nach Hause!« Und die Nadel an diesem Kompaß ist Mißbehagen *oder* Einklang mit uns selbst. Man könnte es auch anders ausdrücken: Diese seine Gestimmtheiten sagen dem seelisch gesunden Menschen, ob er in Einklang oder Mißklang mit Gott steht; denn Gott gab uns unseren Lebensauftrag, wir sind seine Seeleute, und der Sinn unseres Lebens besteht darin, seinem Geist hier auf der Erde Zug um Zug zur Verwirklichung zu helfen. Diesen Auftrag können wir verfehlen, wir können uns verfahren und in den Lebensstürmen untergehen; denn die Mächte sind immer noch genauso finster wie die Sturmnächte des Odysseus.

Aber, Martina – und dies ist das Elixier, das in verzweiflungsvollen Lagen ganz sicher Rettung bedeutet: Von uns wird nur dies eine erhofft: daß wir uns – und damit Gott – nicht aufgeben, daß wir ihm und damit auch uns treu bleiben. In dem großen Vorbild Jesus Christus hat der Gläubige konkrete Weisung für seinen Lebensweg. Er kann seine Entscheidungen an den Prüfsteinen Liebe, Opfer- und Vergebungsbereitschaft messen. Er kann erfahren, daß im Hinblick auf Christus selbst die Sackgassen nicht Ende, nicht Verzweiflung zu sein brauchen, daß alle Müdigkeiten und alles Versagen von dem genommen werden, der sich diesem Geist verschreibt. Aller Lohn winkt dann, hüben und drüben, alle Triumphe der Auferstehung diesseits und jenseits des Lebens. Wer das Leben in Hingabe und Gehorsam so wagt, immer wieder, immer noch einmal, hat alle Aussicht, mit seelischem Glück und seelischem Reichtum beschenkt zu werden.

Deine C. M.

Weitere Schriften von Christa Meves

Wer paßt zu mir?

Der Lebenspartner – Wahl oder Qual?

Junge Menschen fragen nach dem geeigneten Lebensgefährten. Dabei über eigene und andersartige Charakterstrukturen nachzudenken ist kein leichtes Thema. »Den absolut passenden Partner gibt es nicht; es gibt nicht den Supermenschen mit gottähnlichen Zügen, von dem wir träumen«, schreibt die Kinder- und Jugendlichen-Psychotherapeutin Christa Meves. Blockierten Ehepartnern wird dieses Nachdenken Wege ebnen zur Erneuerung ihrer Gemeinsamkeit.
Die Darlegungen helfen denkenden Menschen vor der Ehe und korrigieren junge Paare in der Ehe. Eine wichtige Ergänzung zum Thema stellt das Schlußkapitel dar: »Alleinbleiben als Aufgabe«. Darüber hinaus wird die Charakterstudie und Typenlehre dieser Schrift Lehrern, Pfarrern, Eheberatern, Jugendleitern und Eltern eine wertvolle Hilfe sein.

Ich habe ein Problem

Lebensfragen junger Menschen

Probleme, Probleme, Probleme – jeder Tag im Praxisalltag lehrt, wie viele der Mensch heute hat! Er ist nachdenklicher geworden, bewußter, dadurch aber auch unsicherer und mühseliger in seinen Entscheidungen. Um so nötiger sind deshalb heute Orientierung, das Anpeilen einer Marschroute, das Verdeutlichen von Zielen.
Zur Entwirrung solcher Lebensschwierigkeiten will das Buch beitragen. Es möchte über die Grundgegebenheiten des Menschen mit dem Nebenmenschen einige Kenntnisse vermitteln.

Nußschalen im Ozean

Von der Hoffnung, ans Ufer zu kommen

Ist der Mensch Treibholz in den Wellen des Lebens? Findet er kaum noch Anker und Ufer? Wird er erdrückt im Sturm der Gefühle und Süchte, bedrängt von Einsamkeiten? Die Autorin greift die Vielfalt menschlicher Bedürfnisse und eine Fülle unentwirrbarer Konflikte auf. Sie zeigt aber auch den Weg, wie das krisengeschüttelte Dasein bewältigt werden kann.

Weißes Kreuz
D-3502 Vellmar-Kassel · CH-5724 Dürrenäsch